# Vergessene Welt
## Jurassic Park™

**Das große Buch zum Film**

Jane B. Mason

Nach dem Drehbuch von David Koepp
und dem Roman THE LOST WORLD
von **Michael Crichton**

BSV

Titel der Originalausgabe: THE LOST WORLD: JURASSIC PARK ™ The Movie Storybook

Burgschmietstr. 2-4, 90419 Nürnberg

ISBN 3-932234-01-4 1. Auflage

Im Pazifischen Ozean, unweit von Costa Rica, liegt eine üppige tropische Insel. Sie ist vom dichten Blätterdach des Dschungels bedeckt und in starken Nebel gehüllt. Sie heißt Isla Sorna.

Auf Isla Sorna leben keine Menschen, und die Fischer aus der Umgebung kommen ihren Ufern nicht zu nahe. Man munkelt, daß Fischer, die ihre Netze vor der nebligen Küste der Isla Sorna auswerfen, spurlos verschwinden...

Weit entfernt von Isla Sorna unterhielt sich John Hammond mit einem alten Freund. Mr. Hammond war der Schöpfer von Jurassic Park, einer Insel auf der echte, lebende Dinosaurier über die Erde wanderten. Aber noch bevor der Park eröffnet werden konnte, hatte es einen schrecklichen Unfall gegeben. Die Dinosaurier waren zu gefährlich. Der Park war zerstört worden.

„Komm rein, Ian", sagte Hammond freundlich. „Komm rein!"

Der Wissenschaftler Ian Malcolm betrat Hammonds Zimmer. „Sie wollten mich sehen?" begann er.

„Ja", sagte Hammond. „Wegen Anlage B. Wissen Sie, Jurassic Park, das war nur zum Anschauen für Touristen. Anlage B haben wir auf einer anderen Insel angelegt, achtzig Kilometer davon entfernt. Dort haben wir die Tiere gezüchtet, sie ein paar Monate aufgepäppelt und dann haben wir sie zum Park transportiert."

Während John so sprach, weiteten sich Ians Augen immer mehr. Er erinnerte sich an die bedrohlichen Dinosaurier von Jurassic Park. Eine Menge Leute waren damals ums Leben gekommen. War es möglich, daß diese Bestien immer noch existierten?

„Dann wurde Anlage B von einem Hurrikan verwüstet", fuhr John fort, „und wir mußten den Ort evakuieren. Die Tiere ließen wir frei, damit sie alleine aufwachsen konnten. Jetzt leben sie alle dort und ich habe vor, ein Team hinzuschicken, das den Bestand dokumentieren soll. Einen Fotografen, einen Spezialisten für die Ausrüstung, eine Paläontologin, und ich hoffe, daß Sie das vierte Mitglied sein werden."

„Wer ist die Paläontologin?" fragte Ian.

„Sarah Harding", antwortete John Hammond. „Um genau zu sein, sie ist schon vor Ort."

Ian wurde leichenblaß. Sarah Harding war nicht nur die beste Paläontologin auf diesem Gebiet, sie war auch Ians Freundin.

„Sind Sie wahnsinnig?" schrie Ian. „Das ist keine Forschungsexpedition mehr, John. Das ist eine Rettungsmission und ich werde sie anführen!"

Noch am selben Abend traf sich Ian mit den beiden anderen Teilnehmern der Mission. Eddie Carr war der für die Ausrüstung zuständige Techniker und Nick van Owen der Fotograf. Ian bestand darauf, sich sofort auf den Weg zu machen. Er bat seine zwölfjährige Tochter, zum Lagerhaus zu kommen, damit er sich dort noch schnell von ihr verabschieden konnte. „Kelly", begrüßte Ian sie, „wir müssen uns unterhalten."

Kelly blickte ihn mißtrauisch an. „Du gehst schon wieder weg", erriet sie. Sie ließ die Schultern hängen. Erst hatten sich ihre Eltern scheiden lassen und ihre Mutter war ohne sie nach Paris gezogen. Und jetzt reiste ihr Vater ständig dienstlich herum. „Kann ich mitkommen?" fragte sie hoffnungsvoll.

Ian schüttelte den Kopf. „Tut mir leid", sagte er.

Kelly schaute zu, wie ihr Vater durch die Lagerhalle lief. Sie war vollgestopft mit allen Arten von Fahrzeugen, Laufstegen und elektronischer Ausrüstung. Auf einer abgelegenen Seite standen zwei Wohnwagen, die durch ein ziehharmonikaartiges Mittelstück miteinander verbunden waren. Kelly schaute sich einen näher an. Sie fragte sich, ob ihr Vater diese Wagen wohl auf die Expedition mitnehmen würde. Sie sah sich um, ob auch niemand sie beobachtete und schlich sich hinein.

Die Wagen waren voll mit Computern und anderen Ausrüstungsgegenständen. An einer Wand leuchtete eine Karte von Costa Rica und einigen nahe gelegenen Inseln.

Am nächsten Tag fuhr eine große Ozeanfähre beladen mit Expeditionsausrüstung zur Isla Sorna. Die Ladung wurde gelöscht und das Schiff stach wieder in See.

Nachdem sie einen geeigneten Platz gefunden hatten, um das Basislager einzurichten, machten sich Ian, Eddie und Nick zu Fuß auf, um Sarah zu suchen.

„Sie kann nicht weit sein", sagte Nick. „Wenn wir uns aufteilen..."

„Kommt nicht in Frage", sagte Ian. „Wir bleiben zusammen". Er schielte nach den Bäumen hinter Nick. Da schien sich was zu bewegen.

Urplötzlich tauchte eine Reihe gepanzerter Stacheln über den Büschen auf. Und noch eine! Stegosaurier!

Die Erde erzitterte und ein dritter Stegosaurus trampelte aus dem Dickicht direkt hinter ihnen! Er folgte den anderen Dinosauriern zu einer kleinen Lichtung.

Ian schlich sich gebückt an die Lichtung und traute seinen Augen nicht: Er sah eine ganze Herde von Stegosauriern!

Am Ende der Lichtung stand Sarah und kritzelte Notizen auf ein Blatt Papier. Als sie die drei Männer sah, die zusammengekauert im Dickicht saßen, lächelte sie und winkte ihnen zu.

„Sie ist mutig", sagte Nick beeindruckt.

„Sie ist übergeschnappt", antwortete Ian.

„Das ist... Das ist atemberaubend", rief Eddie voller Ehrfurcht.

Ian schüttelte den Kopf. „Ja, boah, super, toll... So fängt es immer an. Geschrei und Panik kommen später."

Immer noch lächelnd wandte Sarah sich wieder um und schlich sich an eines der Stegosaurierbabys heran, bis sie es berühren konnte. Sie machte ein Foto nach dem anderen, bis der Film voll war. Dann rannte sie eilends zu den Männern. „Ian! Hast du die Tiere gesehen, die gerade vorbeigelaufen sind? Das war eine Familie! Die frisch geschlüpften Jungen bleiben offensichtlich für längere Zeit in der Umgebung, in der sie geboren wurden!“

Ian zog Sarah zur Seite. „Okay, okay. Du hast jetzt alles gesehen. Du hast deine Theorien bewiesen. Jetzt ist es Zeit zu gehen!“

Sarah aber schüttelte den Kopf. „Da ist noch etwas. Endlich habe ich die Chance zu beweisen, daß Dinosauriereltern wirklich ihre Jungen hegten und pflegten.“

„Sie können aber auch äußerst gefährlich werden“, bemerkte Ian.

„Wir müssen nur vorsichtig sein“, beruhigte ihn Sarah. „Ich habe jahrelang mit Raubtieren gearbeitet. Ich weiß, was ich tue.“

Ian beschloß, weitere Diskussionen mit Sarah im Camp zu führen, doch als sie dorthin zurückkehrten, gab es die nächste Überraschung. Kelly Malcolm erwartete sie vor dem Wagen!

„Ich mache gerade das Abendessen“, sagte sie.

Ian war außer sich. „Du hast überhaupt keine Vorstellung, was hier abgeht!“ schrie er. Er wandte sich wieder an Sarah: „Ich bringe meine Tochter hier raus. Das ist unsere letzte Chance zu verschwinden.“

Genau in diesem Moment kam das Echo eines tiefen Geräuschs vom Ozean her und der Boden begann zu schwanken. Drei riesige Militärhubschrauber schwebten über ihre Köpfe. Auf ihnen stand InGen, der Name von John Hammonds Firma, geschrieben.

„Das ist merkwürdig“, sagte Sarah. „Warum sollte Mr. Hammond zwei Teams hierher schicken?“

„Hammond hat diese Typen nicht hergeschickt“, sagte er und beobachtete, wie die Hubschrauber landeten und der erste Mann herauskletterte. „Das ist Peter Ludlow.“

Peter Ludlow war John Hammonds Neffe. Und er war der neue Präsident von InGen. Doch während es Hammond darum ging, die Dinosaurier zu schützen, ging es Peter Ludlow nur ums Geld – egal, wie gefährlich die Sache war.

Ian und die anderen beobachteten, wie Peter Ludlows Gruppe in Geländefahrzeuge stieg und sich in den Dschungel aufmachte. Sie waren gekommen, um Dinosaurier zu fangen – und sie in die Vereinigten Staaten mitzunehmen. Dort sollten sie als Hauptattraktion in einem neuen Freizeitpark dienen, den Peter Ludlow bald eröffnen wollte: Jurassic Park San Diego. Es dauerte nicht lange und die Gruppe jagte einer Herde von Pflanzenfressern hinterher.

Der Anführer der Jagd, Roland Tembo, bellte Kommandos in sein Funkgerät. „Trennt den Dicken von der Herde ab und singt ihm ein Schlafliedchen!“

Ein Jäger in einem anderen Jeep nahm sein Betäubungsgewehr und feuerte. Das Tier kam ins Stolpern und jemand warf ein Lasso um seinen Hals. Das Seil wurde strammgezogen. Dann hoben zwei gigantische mechanische Arme das Tier auf die Ladefläche eines Lastwagens.

Dann analysierten Roland und sein Spurensucher Ajay einen riesigen Fußabdruck auf dem Boden. Einen sehr tiefen mit drei Zehenabdrücken: Tyrannosaurus Rex!

Roland grinste. Er war aus einem einzigen Grund auf diese Reise mitgekommen: Um das wildeste Raubtier zu jagen, das es je gegeben hatte. Wortlos lief Roland zu seinem Jeep hinüber und holte sein Gewehr.

Ajay nahm die Fährte auf und schon bald hatten die zwei Männer die Spuren bis zu einem Höhleneingang verfolgt. Überall lagen Tierknochen verstreut. Einige davon waren noch von verfaultem Fleisch bedeckt.

Aus dem Inneren der Höhle kam ein eigenartiges hohes Quieken. Die zwei Männer robbten vorwärts und lugten über den Rand eines Erdwalles.

Auf der anderen Seite war ein Baby – ein Tyrannosaurus-Rex-Baby! Der Erdwall war Teil eines drei Meter großen Nestes. Das verwahrloste Baby blickte zu den Männern auf und quiekte zornig.

Roland hatte auf der Stelle eine gute Idee.

Später am Abend fesselte Roland das T-Rex-Baby an einen Pfahl in der Mitte einer kleinen Lichtung in der Nähe des Basislagers der Jäger.

Peter Ludlow sah ihm erstaunt zu. „Glaubst du wirklich, daß das die Mutter anlocken wird? Ein T-Rex kümmert sich nicht um seine Brut!"

Doch genau in diesem Augenblick hoppelte irgend etwas aus den Büschen hinter ihm. Peter drehte sich erschreckt um – und trat unabsichtlich auf den Fuß des Babys.

Knack! Der empfindliche Knochen brach auseinander. Das Baby heulte auf.

Roland stieß Peter zur Seite. „Du hast ihm den Fuß gebrochen!" fuhr er ihn an.

Auf der anderen Seite des Lagers waren Nick und Sarah dabei, ihre eigenen Pläne in die Tat umzusetzen. Um keinen Preis würden sie Ludlow diese Dinosaurier zurück auf's Festland bringen lassen. Sie durchschnitten die Benzinleitungen der Jeeps und gingen dann zu den Dinosaurierkäfigen und öffneten alle, einen nach dem anderen.

Sekunden später schrien die Jäger auf, als ein riesiger Triceratops durch ihr Zelt stürmte. Die Dinosaurier jagten über den Lagerplatz und trampelten alles nieder, was ihnen in den Weg kam. Ein anderer Triceratops rammte einen Jeep und ließ ihn direkt ins Lagerfeuer rollen.

Rrrummm! Der Jeep explodierte. Feuer und Rauch stiegen in die feuchte Luft des Dschungels hoch.

Als sie zu ihrem eigenen Fahrzeug zurückrannten, stießen Sarah und Nick auf das verwundete T-Rex-Baby. Sie wußten, daß es mit einem gebrochenen Fuß nicht überleben würde, also brachten sie es in ihr Lager zurück. Im Wagen heulte das T-Rex-Baby vor Schmerzen.

Kelly bekam es mit der Angst zu tun. „Andere Tiere werden das hören, oder?“ sagte sie. „Ich will hier raus, bevor sie kommen, um nach ihm zu suchen!“

Also brachten Ian und Eddie Kelly auf den Hochstand, einen Metallkäfig auf hohen Stelzen. Dort, fünf Meter über dem Erdboden, waren sie sicher vor den Dinosauriern. Aber selbst von dort oben konnten sie das T-Rex-Baby jammern hören.

Grrrr! Plötzlich antwortete irgend etwas dem Baby aus dem Dschungel.

Ian stieg vom Hochstand herab. Er mußte Sarah warnen! Er stürzte in den Wagen, gerade als sie damit fertig war, den Fuß des Babys zu schienen. Doch noch bevor sie das Baby aus dem Wagen bringen konnten, ertönte direkt vor der Tür ein ohrenbetäubendes Geräusch.

Ian, Nick und Sarah waren starr vor Schreck, als die T-Rex-Mutter durch das Fenster des Wagens blinzelte. Der riesige Dinosaurier begann zu glucksen und zu gurren. Und das Baby gluckste zurück!

Grrr! Im selben Moment kam ein ohrenbetäubendes Brüllen von der anderen Seite des Wagens. Da draußen waren zwei Tyrannosaurier! „Wir haben's mit Mami und Papi zu tun!" flüsterte Ian.

„Sie sind gekommen, um nach ihrem Baby zu sehen!" sagte Sarah.

Ganz langsam öffnete Ian die Tür und Sarah gab den wartenden Eltern ihr Baby zurück. Die Tyrannosaurier schnüffelten und gurrten, während sie ihr Baby inspizierten. Dann zogen sie wieder in den Dschungel ab.

Ian, Sarah und Nick seufzten erleichtert. Aber nur Minuten später – Wommm! Etwas rammte gegen die Seite des Wagens. Er überschlug sich und ruckelte dann vorwärts. Die Dinosaurier waren zurück! Sie stießen den Wagen auf die steilen Klippen zu und schon bald hing er bedrohlich über dem Abgrund.

Sarah verlor den Halt und fiel gegen das kaputte Heckfenster des Wagens.

Sarah blinzelte und blickte in die Tiefe. Dort war nichts als der Ozean – zweihundert Meter weiter unten! Sarah schrie und schloß die Augen.

Draußen stapften die Dinosaurier in den Dschungel zurück. Plötzlich war es vollkommen still.

Dann kam eine Stimme aus dem Lager. „Hallo?!“ Es war Eddie! Er warf ein Tau in den Wagen und hängte dann den Wagen an das Allzweckfahrzeug. Er wollte den Wagen wieder auf sicheren Boden ziehen.

Eddie sprang auf den Fahrersitz und gab Gas. Der Motor heulte auf.

Ein Heulen aus dem Dschungel antwortete darauf. Aber Eddie hörte es nicht. Er trat erneut auf das Gaspedal – die zwei Tyrannosaurier stürzten ins Lager! Sie schnappten sich Eddie und zogen sich wieder in den Dschungel zurück, gerade als der Wagen über die Klippen zu kippen drohte.

Sarah, Ian und Nick klammerten sich an das Tau, das ihnen Eddie zugeworfen hatte. Der Wagen fiel und ließ sie mitten in der Luft hängen. Erschöpft versuchten sie, zum Rand der Klippen hochzuklettern. Doch das nasse Tau war zu rutschig. Dann, wie aus dem Nichts, erschienen drei Hände. Roland und die beiden anderen Jäger hatten den Lärm gehört und waren zu Hilfe geeilt.

Ian, Sarah und Nick wurden auf den sicheren Boden zurückgezogen.

Die Überlebenden versammelten sich im Lager der Jäger. Ohne ihre Ausrüstung kann keine Expedition ihre ursprüngliche Mission weiterverfolgen. Statt dessen mußten sie zusammenarbeiten, um wenigstens die Insel lebend zu verlassen.

Fast alles war zerstört worden, einschließlich der elektronischen Ausrüstung. Sie hatten keine Mittel mehr, um mit der Außenwelt in Kontakt zu treten. Ihre einzige Chance bestand darin, zu Fuß das verlassene Kommunikationszentrum in der Mitte der Insel zu erreichen und von dort Hilfe zu rufen.

Die Gruppe wanderte die ganze Nacht und den ganzen nächsten Tag. Als es wieder dunkel wurde, erreichten sie eine Hügelkette. Sie waren fast da.

„Erst mal essen wir was und dann legen wir uns schlafen", sagte Roland.

Schnell wurde ein Lager angelegt und ein paar Zelte wurden aufgeschlagen. In einem legten sich Sarah und Kelly nieder und versuchten zu schlafen. Aber als Sarah ihr feuchtes T-Shirt zum Trocknen aufhängen wollte, sah sie auf der Vorderseite einen breiten Streifen von Blut. Es war Blut von dem T-Rex-Baby.

Sarah warf das T-Shirt zu Boden.

„Schnell! Wir müssen es vergraben!" rief sie Kelly zu. Mit bloßen Händen wühlten sie den Boden auf, so schnell sie konnten...

Aber nicht schnell genug. Wommm! Wommm! Die T-Rex-Mutter hatte schon Witterung aufgenommen. Wommm! Wommm!

Sarah und Kelly versteckten sich in Sarahs Schlafsack. Als sie den Reißverschluß zuzogen, steckte der T-Rex seinen Kopf in das Zelt. Er beschnüffelte den Schlafsack und das T-Shirt. Dann wandte er sich wieder den Jägern zu, die alle um ihr Leben rannten.

Alle, außer Roland. Er lud sein Gewehr mit Betäubungspfeilen und war gerade damit fertig, als der T-Rex seinen Angriff begann...

Mittlerweile war ein zweiter T-Rex aus dem Dschungel gestapft. Er hetzte den Jägern hinterher, schluckte einen hinunter, trampelte einen zweiten nieder.

Nicht weit davon entfernt kletterte die andere Gruppe von Jägern aus der Schlucht und sprang in ein Feld, das mit hohem Gras bewachsen war.

„Die Biester haben aufgegeben", sagte einer von ihnen voller Hoffnung und betrachtete den umliegenden Wald. „Sie verfolgen uns nicht!"

Aber er hatte die drei Dinosaurierköpfe nicht gesehen, die sich aus dem Gras vor ihnen erhoben. Von den vier Köpfen hinter ihnen ganz zu schweigen.

Überall um die Jäger herum begann sich das Gras zu bewegen. Und einer nach dem anderen wurden die Jäger in das zuckende Gras gezogen.

Es waren Velociraptoren!

Wenig später betraten Kelly, Sarah, Ian und Nick das gleiche Feld. Sie waren von hohem Gras umgeben. Aber bald hörte Ian ein bekanntes Knurren. Er drehte sich schnell um und sah das Gras zittern.

„Los, schnell!“ schrie Ian.

So schnell sie konnten, rannten alle aus dem hohen Gras. Aber ein Velociraptor war direkt hinter ihnen. Und es kamen noch mehr dazu.

Doch dann verloren sie plötzlich den Boden unter den Füßen. Sie fielen einen steilen Abhang hinunter und stürzten ohne Kontrolle abwärts. Verbeult und zerkratzt kamen sie wieder auf die Beine. Aber die Velociraptoren verfolgten sie nicht mehr.

„Seht!“ Sarah zeigte auf etwas in der Ferne. Die Überreste des Dorfes der Arbeiter.

Nick fing an zu rennen. „Ich geh' voraus, suche das Kommunikationszentrum und versuche, einen Funkspruch rauszuschicken", rief er ihnen zu.

Nick stürmte in das Arbeiterdorf und raste die verlassenen Straßen entlang. Der Hurrikan hatte die meisten Gebäude zerstört und der Dschungel hatte alles, was übriggeblieben war, überwuchert. Glücklicherweise war die Schaltzentrale noch intakt und der geothermische Generator funktionierte auch noch.

Schnell war Nick im Kommunikationsraum. Er hielt den Atem an und legte die Schalter um.

Die Lichter des Funkgerätes gingen an, eins nach dem anderen.

Als auch Ian, Kelly und Sarah das Dorf erreicht hatten, ertönte ein lautes Geräusch um sie. Ein Hubschrauber!

Aber noch bevor sie sich bewegen konnten, ertönte ein anderes Geräusch und ein Velociraptor sprang auf sie zu.

Zusammen stürzten sie in das nächstgelegene Gebäude, eine hohe, halb verfallene Hütte.

„Kannst du auf dieses Ding klettern?“ fragte Sarah Kelly und zeigte auf die Laufstege über ihnen.

Kelly gab keine Antwort. Sie begann einfach zu klettern. Sarah und Ian wollten ihr folgen, doch dann bemerkten sie einen Raptor direkt hinter Ian, sprungbereit!

Kelly sah eine Stange, die von einer Wand zur anderen führte. Sie sprang los, bekam das Ding zu fassen und schwang sich darauf. Dann ließ sie die Stange los und sprang mit den Füßen voran auf den Raptor. Ihre Füße trafen das Biest in die Seite. Der Raptor flog durch die Luft und sauste gegen eine scharfe Blechwand.

Ian und Kelly sprangen auf den Lehmboden herab, während Sarah zu einem höhergelegenen Fenster kletterte.

„Da oben bist du sicher", rief Ian ihr zu. „Versuche, über das Dach in den Hubschrauber zu kommen, wir sehen uns dann dort!"

Sarah gehorchte. Krach! Sie stieg aus dem Fenster und kletterte auf das geneigte Ziegeldach. Aber ein Raptor war direkt hinter ihr und ein anderer wartete schon unten!

In Panik warf Sarah mit zerbrochenen Dachziegeln nach den Raptoren, bis sich eine ganze Lawine von Ziegeln nach unten in Bewegung setzte! Der Raptor auf dem Dach rutschte weg – direkt auf den anderen! In dieser Sekunde sprang Sarah nach unten auf die Straße.

Wieder vereint rannten Ian, Kelly und Sarah zu dem startbereiten Hubschrauber, wo sie Nick schon erwartete.

Endlich waren sie in Sicherheit.

Als der Helikopter über die Insel flog, lehnte sich Sarah für einen letzten Blick aus dem Fenster... und erbleichte. Unter ihnen, bei ihrem zerstörten Lagerplatz, lag ein betäubter Tyrannosaurus Rex. InGen-Arbeiter sprangen herum und legten ihm einen gigantischen Panzer an. Nahe der Küste stand schon eine mächtige Fähre bereit, um die schwere Fracht aufzunehmen. Sie wollten den Tyrannosaurus Rex wieder in die USA bringen.

„Ich glaub', ich spinne", sagte Ian.

Wenige Tage darauf stand Peter Ludlow vor einem riesigen Komplex an der Küste von San Diego, Kalifornien, und hielt eine Ansprache an eine Gruppe von InGen-Angestellten.

„In einer halben Stunde werden wir Jurassic Park San Diego einweihen, mit einer Mega-Attraktion, die...“

Doch seine Worte wurden durch ein tiefes Rumpeln übertönt, das durch den Hafen hallte. Die Menge schrie und flüchtete in sämtliche Himmelsrichtungen, als ein Boot in Höchstgeschwindigkeit auf sie zuraste! Es rammte das Pier und zerschmetterte es in zwei Teile. Dann stieß es mit einem elektrischen Transformator zusammen und das ganze Hafenviertel wurde finster.

Zwei Hafenangestellte kletterten auf das Schiff. Ian, Sarah und Peter folgten ihnen.

Kracks! Die zwei Türen zum Frachtraum brachen auf und der Tyrannosaurier sprang auf's Deck! Noch zwei Schritte und ein Sprung, und er landete unten auf dem Dock und verschwand in der Dunkelheit.

Sarah wußte, daß sie den Tyrannosaurier irgendwie wieder auf das Boot locken mußten. Aber was konnten sie als Köder benutzen? „Wo ist das Baby?“ schrie sie.

Während Peter Ludlow Sarah und Ian noch erklärte, wo sie das Baby finden könnten, wütete der Tyrannosaurier in der Innenstadt von San Diego. Er war gerade dabei, auf eine Gruppe von Menschen loszugehen, als er plötzlich stoppte und in die Luft schnüffelte.

Quieeetsch! Ian, Sarah und das T-Rex-Baby bremsten vor dem T-Rex scharf ab. Ian riß den Wagen herum und trat kräftig aufs Gaspedal. Die Dinosauriermutter nahm die Verfolgung auf. Sie wollte ihr Baby zurück!

Wommm! Der Dinosaurier hob das Heck des Wagens hoch. Sarah nahm das Baby, sprang aus dem Auto und rannte zum Dock. So lockte sie die Dinosauriermutter wieder auf das Schiff. Das Biest saß in der Falle.

Wenige Tage später saßen Ian, Kelly und Sarah sicher in ihrem Wohnzimmer vor dem Fernseher und sahen in den Abendnachrichten ein riesiges Frachtschiff durch den Pazifischen Ozean fahren. Sein Ziel war Isla Sorna. In seinem Frachtraum schlief die Dinosauriermutter friedlich mit ihrem Baby an ihrer Seite. Man brachte die Saurier in ihre Heimat zurück, wo sie friedlich leben sollten.

Dennoch, die Menschen würden sich noch lange daran erinnern, was auf der Insel und in San Diego geschehen war. Und niemand würde je die furchteinflößende Macht der Tiere vergessen, die über die „Vergessene Welt" auf die Erde zurückgekehrt waren.